函子 ——

著

函子的诗

台海出版社

图书在版编目（CIP）数据

函子的诗 / 函子著 . -- 北京 : 台海出版社，
2021.1

ISBN 978-7-5168-2872-4

Ⅰ. ①函… Ⅱ. ①函… Ⅲ. ①格律诗－诗集－中国－
当代 Ⅳ. ① I227.7

中国版本图书馆 CIP 数据核字 (2021) 第 014477 号

函子的诗

著　　者 : 函　子

出 版 人 : 蔡　旭　　　　　　　　封面设计 : 周　骁
责任编辑 : 姚红梅

出版发行 : 台海出版社
地　　址 : 北京市东城区景山东街 20 号　　　邮政编码 : 100009
电　　话 : 010 — 64041652（发行、邮购）
传　　真 : 010 — 84045799（总编室）
网　　址 : www.taimeng.org.cn/thcbs/default.htm
E - m a i l : thcbs@126.com

经　　销 : 全国各地新华书店
印　　刷 : 三河市国新印装有限公司
本书如有破损、缺页、装订错误，请与本社联系调换

开　　本 : 880 毫米 × 1230 毫米　　　1/32
字　　数 : 130 千字　　　　　　　　　印　　张 : 6.75
版　　次 : 2021 年 1 月第 1 版　　　　印　　次 : 2021 年 1 月第 1 次印刷
书　　号 : ISBN 978-7-5168-2872-4

定　　价 : 46.00 元

目录
CONTENTS

雪山飞雁

天悬失忆云多变，最美花开盛世年。
鸿雁一生千万里，雪覆白头万万山。

旅夜中秋

光缕拨云一月开，漫天星火度尘埃。
二十九年天外世，明月栖窗梦有怀。

长城远望

江河宿命凭来去，残垣旧迹放空山。
昔日风云今日雨，洗去尘埃又一年。

送别

浅淡淡，几缕炊烟，飘然天地间。

昏灿灿，无际无边，回头想不见。

飞鹜凌空一点，黑山落日残圆。

山林避雨

浓雾悠悠软浪拍，微雨桃花露未开。

环山四面遮天际，不知何处彩云来。

一只蝴蝶

小路匆匆过，蝴蝶现一旁。

转头看向远，默默想成双。

渔阳暮色

暗淡斜阳动，萧瑟染黄昏。
青峰松未老，湖畔打渔人。

冰泪

清鸣断续百灵追，好散尘缘醉不回。

含情又见东风起，冰为诺言流起泪。

山川怀远

云积雪雨落苍穹，土木山形变不同。
江河万道穿龙脉，必有清流在其中。

三月末

那年三月雨纷纷，远别送去十年身。
如见窗前杨柳动，我借南风问候君。

望茫茫

绝顶望崇山，苍茫何处边。

神游天地外，乾坤一渺然。

过凤山镇

云蒙日月感怀深，有时相守有时分。

系与无情天地变，心酸何世有何人。

几堆残雪流春晓，梦忆青黄想不真。

旅年去向同谁论，相知浮世总难寻。

过汤河口

清风漫秋水，别酒饮天涯。
夜浸伤心处，空城寂寞花。

日光凝露

游思去远空，露水挂曾经。

老人河畔坐，钟声响一生。

黄海夜空

荧光静默闪清宵，垂柳微扬困意飘。

灯下卷蛾双戏舞，表内时分逐寂寥。

四面海潮吞梦断，醒对孤窗望月高。

魂欲遨游星汉里，想开人世万重牢。

石上坐

竹落清辉晓月弯，雨花浮水净空潭。

蝴蝶掠过潭中月，柳絮飘零如散缘。

夏景

清风飘进柳帘中，翠鸟惊鸣回荡空。

露含青草微微动，三四儿童笑彩虹。

荒山春思

深山草木多灵秀，园外桃红惹相思。

红颜自爱攀权贵，春风明月几多时。

暮光凝露

一树星辰露水中，两人流落在西东。
颤颤珠光如感动，所思怀念那时空。

江南旅梦

千里江南遇故人，梦时相伴醒时分。
游来困意重回梦，只见云烟不见君。

背靠繁华

雨梅倦眼幽人，斜廊恰对黄昏。

了却轻松梦枕，繁华无所靠近。

回丰宁

十年离落潮河畔，碧水银沙冷月残。

请君入梦共轻浮，好酒一壶当年语。

观露

青山落日遗空梦，海陆浮沉无尽头。
若使人心如净水，哪得欢喜哪得忧。

深夜独步

星火踏沧波，望月杞人多。
迷蒙天意在，千古夜消磨。

成陵怀古

暴洗江山好大雨，狂风尽处是空虚。

元朝旧事若有无，回首一行飞雁去。

在南方

暖心无处不春天，自有轻狂遗少年。
偃月飘来谁共守，清风吹去我独还。
江悬柳带纤丝弱，枝坐桃花丽朵圆。
守望星河迷静好，浮云忘被我流连。

云起紫竹院

南风戏柳黄昏岸，两两情人待月圆。

闪动明星如泪眼，一片白云到此间。

月 出 时 分

懒倦黄昏慢慢沉，失落百花如断魂。

分辉散射孤天月，对影相依独树人。

静寂神飞

苍松独立高天下，碧海晴空展月华。
山欲飞奔形似马，静含流水映天涯。

东游

头顶高天清澈寒，脚下崇崖万丈宽。

河流雨露伤遥远，系与循环系不还。

云遮白日寒光弱，雪压空枝瘦枣干。

梦里浮生戏未了，指向离人路寂然。

梦幻春夕

崇山慢慢起春华，峰岭悄悄薄暮纱。

可心红杏刚开好，犹似当年爆米花。

水中镜像悬流忆，黄昏路过远人家。

暖生变化新如许，还有南风细细擦。

彩虹桥下

倾心敞怀抱，牵手过奇妙。

游至彩虹桥，私语细萦绕。

纯情幻象美，相思云朵掉。

心动感人时，梨花带雨笑。

望云雾山

日出蓝海拓晴光，水进长河入大洋。

云中一柱高峰起，耸出世界三千丈。

雾化霜

风雨尘寰入梦深，悲欢世事所留心。

沧桑万岁存天道，无情亦度有缘人。

空路黄昏

流星很奇妙，彩虹忘不掉。

心存过去时，空路岂知道。

黄昏一棵柳，你在回眸笑。

云灭远行中，思寻无处靠。

秋山暮云

红遍秋山暖意沉，落如薄命美人魂。
枝留残叶风霜紧，了却年华遗忘存。

暮钟时分

垂柳若沉思，雁过一行诗。
落日钟声起，乾坤息此时。

夜天际

深夜天河近，晴空放寂寥。
莹莹千万点，灵动静悄悄。

早春闲游

东风绘画舞幽州，满树花开放肆羞。

浓寒已过愁难去，暂有闲时一日游。

暖烟熏醒枯枝柳，逐梦云随想象流。

似雪梨英凋落寞，感念红尘遗憾丢。

高枝雀

千里雁来迟，怡人冥想时。
百花四处美，雀立最高枝。

右手接花

风起红帘舞，桃花落手心。

眼迷飘荡絮，凝思深入深。

草原冬雪

霜天鸿雪落成冰，金雕振翼展雄风。

白浪无极横消尽，凝滞磅礴万古情。

曹刘

兴兵斗智几回合，自古英雄胜败多。
功成乱世非凡品，只因天意未轻磨。

记起星河

日暮乡村小路边，暖意绵绵三月天。

抬头树下临深夜，星空寂寞许多年。

回乡有感

雪化江山在，愁回故里人。

睹物迁如许，无酒醉纯真。

世事情摇落，经心几片云。

感念童年好，杨絮舞随心。

春雪

春雨隔窗敲入眠，浮去云烟醒忘年。

冰凌乱挂不觉冷，红杏枝头看雪山。

百花一任梅花变，恍然万里化梨园。

暮光下

孤鹜扫天涯，微风卷浪花。
柳棉化星汉，灯火露人家。

晚凉

波光湖面舞流烟，翠鸟轻飘红树边。

曾经秋叶识归雁，春残几度不知年。

往日浮云归梦里，当初风雨奈何天。

满枝玉露盈盈颤，真似银河在眼前。

故乡云往

白云飘向远方春，静锁明眸依恋深。

眉心一点游思颤，有风经过牧羊村。

梦随云远

风吹云朵长，柳树列成行。
梦醒离人去，后来在远方。

遗念云边

情如流水难断，梦似飞花舞散，

涟漪调成青线，渐行渐远。

相遇有怀有感，错过便要随缘，

晚风伤起无端，幻明，幻暗。

风雨桃花人面，落时愁暖，开时愁寒，

自有想念在云端，盘旋。

暖色凄凄

长河一线天，双鸟戏婵娟。

明霞喷烈火，柳絮绕缠绵。

花落情难断，流水自成涟。

满月东山起，天涯静默看。

海忘

天地东西南北向，冷月清光万万丈。

逝水愁成过去时，古松不动高山壮。

雕鸣震响魂激荡，史载悠长静默忘。

海饮江河吞巨蟒，风云推起大沧浪。

枉迷缘

思入槐花掉，远行人悟道。

幻念醒流年，青涩回头笑。

那年元夜时

元夜游人笑语闲，眼中灯火亦如前。

期盼霜凌速融解，想成云朵越崇山。

轻似浮萍一念过，由心养在十年间。

浪起长河冲不悔，雪如遗憾化前缘。

云海迷峰

丝丝微雨软凝尘，小路无声空度人。

风推雾浪魂如水，淹没孤峰两片云。

雨过云消

浮云了却天边，秋水荡漾依然。
水自流回大海，一路烟消雨散。

柳林独步

西辉漫落低长柳，水路迎天翠拓开。

叶丛细雾轻飞灭，懒倦浮云进思怀。

踏云行

浓雾悄悄滚下山，闲语情人漫步间。

绿艳枝枝皆落满，白云度过也思凡。

落花流水情

黄昏了却蓝天旧，花瓣从容飘去后。

有意无缘尝未果，憔悴伊人想不透。

留心画境

江天一线扫飞鸿，黄昏绵远落苍穹。

霏雾有形自融解，冷月清高孤世空。

别太行山

烟花假世界，荒草自然心。

风流挥不去，倚天片片云。

初雪

如心落日远苍茫，清水凝结故梦藏。
江山白雪新如旧，只是伊人不在旁。

月影迷离

浮云带雨落千山，山驾云龙泳上天。

袒露星辰亿万点，明月漪流影不圆。

梦起玉泉垂虹上，崇山到此断连绵。

古城融化灯辉里，遗忘星辰醒万千。

天花板

残春一点媚，平凡也乏味。

自想避艰辛，纯情流过泪。

多少滞回愁，几度存心碎。

失落藏实感，伤魂已无泪。

梦醒自由飞，飘摇何所谓。

独坐不觉夜已深

暗落灯辉点点晶，水寒波浪匿行踪。

思灭红尘暮烟里，冷悬北斗一勺清。

漏夜有形深望断，散碎萤光变不同。

花落水云天

红树端庄雨打飞，陨零枯萎浸成灰。

忽略水流遗忘过，留意浮云想起谁。

春霜漫

人生之色宛如白，亦有繁华过梦怀。

梦随风雨流心碎，苦为浮名碌为财。

故乡春夏秋空想，老树从头盼未来。

秋渐

波动远行云，飘渺似游魂。
风鸣窗外雨，梦里逝黄昏。

泊头春雨

一朝春雨后，朦朦柳叶愁。
余滴三两滴，滴滴落心头。

薄暮风尘

薄暮交融雾雨烟，一行流水两行天。
杏花飞渡黄昏浅，浪枕清风每日闲。

观东海

月下海归船，崇山起浩然。
满空云一朵，高出世界端。

过江南

云默默，水潺潺，流传风雨爱江南，
有心月会圆。
含香如若好摧残，莫使花枝暖。
楚江开，波浪漫，多少年。
怡然犹在，静好人间。

临风看月

黄雀于飞花好看，彩云托起月明天。

凝神坐对苍穹远，缅忆朦胧到故园。

山神庙问路

旧路今难辨，招手问村翁。
祝家在何处，西山一指中。

落日摇摇

残露清风化几滴，水舞龙鳞游向西。
山川掉进灵渊里，落日悠悠小洞低。

路旁花

山有春秋月有形，水重流逝路重逢。

花雨随缘飞梦里，魂断游丝了去风。

贪心背后无余地，美人最好不出名。

若有浮华相伴老，怎会纯洁过一生。

凉思

天如白纸空无字，云借秋风抒感伤。
暮与孤城相忘远，鸿鸣霜洒夜深藏。

轻狂日月

云柔水净天清，月圆日朗星明。

坦荡追思年少，不可一世如风。

有过花香鸟语，心与你换你听。

梦醒严霜成露，彩虹忆在苍穹。

踩连翘

冰成流水复成云，诗意何曾感动人。
黄花遍地谁来过，同有风情难再寻。

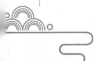

平原夜画

霁月凝华千里明，彩云弥散露晴空。
星沉碧海青天上，我在平原大地中。

那年湖畔

春风明月满人间，柳絮翩翩摇上天。

燕落枝头花盛火，两人谈笑亦如前。

晨曦中

风轻水飘翠，月净染斜晖。
鸟鸣相思语，雾上软云帏。

夜雨到晨曦

风吹叶动微凉意，额头露雨两三滴。

红日云眉探晓看，浑然明澈染相宜。

长河夕

曾经如雪去无痕，长河滚带度流金。

东风觅爱花飞逸，万古柔情一夜春。

望野长城

松眠山谷静，无风落叶滴。
古迹空如许，渺渺梦依稀。

清秋感念

京华火焰栖，感逝不清晰。

白云空扩散，失落柳垂堤。

暮霭存怀想，寒灯红叶稀。

冷月悬孤照，萤彩聚相依。

霜树沉沉冷，含情忆往昔。

当时离故里，一路远归期。

望断归途

柔润东风浸雨烟，了却年华浪迹还。

归雁雨中鸣塞远，离人背后滞江南。

三人转（二首）

（一）

迟回不远不回眸，雨过浮云浮过头。

三瓣落花旋起舞，一阵风来不解愁。

（二）

愁系春城风雨深，柳丝摇荡不由心。

如花落水翻牵绊，两瓣情郎一瓣君。

雁西湖畔

冷雾挪残照，湖纹荡漾圆。

有时鸿雁起，轻上白云边。

迷花坠雨露，浮柳戏风烟。

感觉飞更好，独立我飘然。

高楼望夜

日落彩云边，浮影暗平川。
腾空几万里，灯火夜燎原。

品三国

美玉扬名终碎梦，竖子冤魂一纸书。

江山豪饮英雄血，几人老死几人毒。

香山四月

枝头红豆长开心，绿水从容流至今。

凝思望到香山上，一粒孤灯一朵云。

雪霜化了尘寰苦，杨絮飘来冷入神。

忆回往日流连处，百花如梦落成真。

游望京

金黄玉带草，霜落假龙头。

往事真何在，只有望京秋。

香山秋语

云向西游火凤凰，卷去红尘浮忆藏。
万点星辉含世梦，一线远山轮廓黄。

铁骨千秋

杨絮浮夸半点风，彩云流落一身轻。

焦雷震雨山不动，只因从未避无情。

雾雨迷津

红花有泪蝶飞去，细雨淋开稠雾悬。

冷光撬起乌云角，迷透朦胧敞暮天。

树挂斜阳流水慢，一点黄鹂静孤单。

尘世彩虹圆不满，柳浮难过露零涟。

想弃凡尘

追忆暖留心，百花愁逝春。
恋慕幽思远，空谷钓鱼人。

风欺露

红树轻摇露水沉，细雨无知伤罩人。
南风了却真容易，相思之瘾似无因。

静夜独饮

银河遥远落，彩云轻易扩。

天宇静幽深，寒尘疏寂寞。

深夜少人行，依稀灯火弱。

酒醉心魂锁，天意奈何过。

雁夕飞

三月寒云归塞北，飞雁横绝千里空。
紫霞扩散收天地，江龙绕岭尽苍穹。

赤壁

风云不改定由天，英雄望月沧海宽。
烽烟一去千年远，梦随流水到江南。

旧黄昏

风送桃花香漫度，水流飘走梦中人。

天驾云舟飞向远，枉然回到旧黄昏。

红颜醉

半醉红颜笑，目光若漪缭。
羞润桃花眼，蝶影落眉梢。

折梅枝

藤系相思结，倦鸟悦鸣飞。
林花开静好，折枝榆叶梅。

落叶遮

心似柔风不起尘，眼如清水净天真。

重到当时挥手处，满地枫华似故人。

渤海沉思

星宇旋移天做梦，无际无涯衍成空。

新潮旧岸翻翻涌，风流远去遗暮红。

暗影迷途

千山背影朝东去，一车独自往西行。

尾端自带烟尘起，冲进黄昏血浪中。

万点明灯无序亮，两旁垂柳过匆匆。

回头目断家乡远，只留明月半轮停。

暮霭离人

残阳西去敛清晰，愁起波澜动不息。

暮霭凄凄伤客远，雨花烟绕梦迷离。

河水奔流光魄散，离人回顾我依稀。

放眼星辰沉到底，逐梦天涯醒不及。

倦怠昏尘

茫茫涌去云，墙角挂黄昏。
柳絮垂清净，含思追梦深。

发落书

日月星云逐反复，镜里风华变不如。

纸上青丝留困扰，已把私愁读入书。

山海关·角山

伫立角山中，风雨梦回空。
雄关阅沧海，千年不倒松。

乌江吟

刀弓在手力撑天，匹马定江山。

功名自古缘虚散，遗梦感忽千年。

长叹英雄命短，多情骏马红颜。

波涛流尽长河断，当时风雨如烟。

樱花度

枝上樱花落坦然，了断怡情痛不凡。

追风散去如蝶舞，美成遗梦到天边。

深秋静画

虫鸣荒草地，草叶静出神。

风散迷航远，沉暝冷却深。

老树枝通透，高山月亮新。

野童归梦里，游戏彩虹纯。

函
子
的
诗

街中美人

双腕环金玉，红巾束紧腰。

比肩青发短，刘海落眉梢。

白裙至膝盖，粉鞋步步敲。

肩靠遮阳伞，手提毛线包。

环顾有人羡，眼神一路飘。

人间西去

纸上青春怀念错，梦里烟华遗忘过。

感伤暮沉没。

无花可比柳花弱，满月照空原，天涯逐梦客。

如今愁起黄昏落，误以为，天地是我的。

秋雪

残叶飘空秋未尽，翩翩白羽落纯真。

新寒旧暖融于水，雾雨霜冰露雪云。

可怜红叶芳魂醉，盈盈楚楚净秋心。

一世功名一世苦，半生富贵半生贫。

浮去浮云天道远，寒光萧影逝乾坤。

一纵荒凉八万里，游雁南天写一人。

落叶飞天

水流遗憾入云端，树立高峰指上天。

柳叶凋零情未了，犹向秋风逝枉然。

暗沉沉

白浪扫成群，荆花爱雨纯。

柳叶浮欢笑，露水落天真。

弯月孤独影，冷风流浪人。

筑梦愁难断，还一往情深。

长亭日晚

天地拢相拥，萤火向西融。

失落寒流起，百草断情中。

人在空亭下，满月正晴空。

灵光微刺眼，手臂握苍穹。

长城浴雪

静落深秋十月雪，浮去边墙草木灰。

烽烟乱过书传世，遗忘千年一展眉。

春秋各方

鸿雁依稀流远空，雨自轻狂云自冲。

凝思露水桃花上，走在当时落叶中。

雾里迷离

碧湖微雨泛轻舟，荷叶悠悠软浪头。

冷风钓起纤丝柳，迷雾游开梦醒透。

长堤待晓

水流东去不绝尘，人望西游海上云。

海蒸云气翻天浪，云浮海曙绽天心。

霞影穿清暗起立，暖光灵动眩晕晕。

通莹密布金闪闪，晴苏万里梦沉沉。

花溅溪

松岩清谷澜香雾，花渡林溪粉黛游。

南风舍却芳尘舞，想象年华逝悠悠。

梅雪缘

愁落花开万朵辉，坦荡年华去不归，

泪水不应伤过去，平生遗憾雪纷飞。

盛气失

江河不断海无牢，自比雄鹰振翼高。

疾雷历练惊心过，以后浮云不再飘。

六月

枯柳垂高堤，白云似叹息。

老树烟花散，怡人愁未移。

雾染晴

迷云阻断来时路，黄花枯萎路中人。

雨林一片轻啼鸟，雾已深藏流浪身。

望夜思

车流点点夜光移，往日风云散作迷。
身心羽化成天地，魂入银河落北极。

彭泽令

悟空浮梦几春秋，心净难存半点忧。

辞官自愿为凡品，一朝散尽古今愁。

忘月

枫华满地寒流急，明月故城回首人。

柳带清霜缠自影，愁随风雨忘随心。

过梁

路转两峰开，迎来一朵云。

雕旋空谷静，眼晕暮幽深。

烟灭游风起，草露颤童真。

黄叶凋零后，柳树动沉沉。

无情悟

荡起波澜一线风，来去无形了却空。

灯照榆钱飘似雪，长廊尽处好天晴。

江流到海修成命，人在天涯问此生。

四月抒怀

四月旅鸿飞，春晖燃向北。

清冷释怀思，寒冰化流水。

红树染通透，怡情梦忆美。

松雪变行云，含愁逝不悔。

诗中故人

失意相识久未通，风雨回头依恋空。
墨流白纸行云化，露在黄昏泪水中。

秋望

一带江流荡紫川，紫墨绵描波浪山。
暮云北去驮乡梦，顿起游思进故园。

望离人

垂柳戏飘浮，云形荡逸如。

远路人不见，黑山明月出。

叶响随风止，鸟鸣各自疏。

浪在江湖上，缅忆碎虚无。

临湖向晚

系水孤亭远，闲花裹一枝。

水天空对照，云海梦游时。

露水滴滴

此身薄命不薄情，明月凄然伴我行。
相识去向难寻觅，只有枝头叶露凝。
醉酒弃失愁会醒，浮云散忘雨蒙蒙。
过往天空流错泪，彩虹去后再无晴。

中秋望月

中秋月色好，朵大乡思圆。

晴开天地阔，湖影荡辉环。

失忆江山空，繁星沧海悬。

伤楚暗迷远，柳树动失眠。

放纵怀无际，魂舞夜城垣。

深入银河眼，望穿百亿年。

观洛阳红

清风戏雾暖悠哉，园圃花王齐盛开。

洛阳一日三千朵，感时就盼贵妃来。

孤岛黄昏

天空遗梦走黄昏，一头飘渺一头沉。
守望苍茫融泪里，谁把雨又变成云。

春游

花木从新媚古城，暖波春水万条风。

沿河细柳迎风翘，散乱游人信步行。

半生忆了黄昏里，存成往事旧天晴。

梦想云烟飞逝去，彩虹融化一身轻。

醉梦成蝶

星灯迷惑美朦胧，酒醉飘然似梦中。

梦想蝴蝶飞化雪，人世如风一场空。

彩云漫过荒坟在，白骨成泥无不同。

坐西山鬼笑石

雾摆游丝留恋慢，黄昏落似偷偷看。

等待星辰静起时，鹞鹰山里数声断。

晚春

移舟对视水中魂，水面轻盈挪皱纹。

暮霭飞花谁梦里，宛如前世落红尘。

清波淌过云遮月，愁起故人难再寻。

等去春华风化了，结果又生一片纯。

再别丰宁

星河怎如旧，清水看不透。
乡关轮廓远，雪流人去后。

杏花飘雨时

草木落相知，南风细细撕。

满天云自在，杏花飘雨时。

落水清愁解，河流远去迟。

当年积雪上，写过数行诗。

下太行山

一片来龙走太行，载世长流浮去伤。

苍松矗立高山岗，路指天涯空荡荡。

思义山

星空往事忘怀迟，诗意由谁解不实。

有缘忘却归来世，一生寂寞几人知。

暮逝天涯

风波一路远崇山，万里连城不夜天。

有些难忘愁想起，暮逝天涯飞鸟旋。

暖春

满树花苞想不开，桃杏连环挂宝钗。

暖风自带幽香散，又把游人揽入怀。

秋狂

树跳脱衣舞，烟筒写草书。

冷风悠断续，寒影荡飘忽。

雾颤狂波起，亭立远山孤。

超然明月在，普照雁归途。

醉窗

微风软树枝，酒醉夜含思。

星辰系过往，怡然入梦迟。

海域浮云至，人眠花落时。

柳絮清风里，浮沉无所知。

半生磨（二首）

一

荒山绝壁潜孤鹰，猛虎回头自带风。

真纯泪落无知后，冷心一去不留情。

二

荼蘼花落暖何曾，醉酒离人背月行。

往日目光柔若水，而今流盼似刀锋。

海滩独坐

日出日落山两侧，酒醉人间愁对错。

思入星云冥想时，冷夜幽深潮未落。

恋恋风云

云气悠然醉晚霞，柳如头戴盖头纱。

多情似露含星抖，依恋如风扫落花。

夜幕不觉灯火散，想一回眸看到她。

太行之巅

愁积风雨动关山，了望苍茫瘴雾悬。

逼天正气摧云破，九道虹光燎旷原。

幻散流缘

浮天云朵任逍遥，雪化清流继续飘。

松柏青山直到老，时势愁人想不到。

月未全

浮云避月好圆缺，誓起当年谁赴约。

青春坦荡纯不复，遇有情人在意些。

柳丝轻软随心舞，芙蓉花在等谁撷。

世累多愁争梦碎，海棠一任乱风切。

柳帘闭月

山吞烈火霞，云海灭浮华。

柳帘蔽孤影，相思明月瓜。

游鹰向北逝，蚂蚁在天涯。

独树含霜雪，梨花与梨花。

江南游

情系江南风雨柔，火焰朦胧遍地楼。
林花待有缘人过，自把香氛故意丢。

独步闽航路

天过云烟风雨戏，离人摆手路空知。

梦寒失落十年止，一片浓情照此时。

东望

云气浮沉缥缈过，柳花断续如鲸落。

绿水从容来去流，尘寰越远越辽阔。

潮白河畔行

灵光流水碎晶莹，好似白云松动晴。

云成雨露真纯落，水纹无怨化轻轻。

故乡春晚

心似梨花好盛开，暖风无处不悠哉。

绿水行云过思念，依恋流年展忘怀。

丝条有序迎风摆，雾在枝头浪起来。

想随雁到家乡看，寒冰一点一点拆。

送别方庄

云流不止泪，天地两页开。

路上离人远，寒雨散苍白。

枝末断痕旧，有花昔日摘。

丛林遮月满，起雾进思怀。

看雁

一只乌鸦离树枝，柳线挣扎困顿时。

枫叶有情落未了，过雁无声想故事。

云之梦

山形苍劲水形柔，镜里容颜顾自愁。
霞红舞散云之梦，随风万里荡悠悠。

风吹梦醒

洪峰化去海平宽，风钓渔船驶向天。

潜入星河亿万里，萦梦回神醒夜寒。

猛浪哀嚎难上岸，月被云切两半圆。

垂柳浮沉情未了，水雾游离遗忘间。

夕江岸·怀古

烟花摇落夕江岸，鸟过红楼月半弯。
梦里谁乘飞鹤远，想象当时白玉盘。

微风斩露

封存故事长，几度暗流光。

愁尽遗情远，清纯好易伤。

雨带梨花散，回梦冷余香。

失意三十载，融雪亦融霜。

雪山诗三首

一

云水梦空无处留，酒醉封藏人世愁。

浑然不知昨夜雪，山堆一片白馒头。

二

繁华落尽有人伤，心底真纯自会藏。

连绵朔雪关山冷，染成一片棉花糖。

三

风起落梅花，彩云漫烟华。

寒雾浮沉起，山亮几颗牙。

函子的诗

寂寂清晨

昏朦一夜醉，晓露积成泪。
风过扁桃枝，点滴落憔悴。
云朵静静流，浑如白纸碎。
柳絮沉浮想，深意无滋味。

云扫星空

飘来雾丝云影，浮去一帘水晶。

荡灭中原旅梦，江晖夜动盈盈。

过白桦林

层峦雾涌动，曲径向前开。

冷风逐渐暖，霞影入虚怀。

高山低云黛，曲蹊直树白。

烟碎晴晃眼，兰芷动悠哉。

小悟

恩仇自度有缘人，流水随时变化身。

阴阳无语柔中取，方得天地不死心。

随笔

晴高天地广，月冷圆清朗。

人在暮秋时，吟诗思过往。

柳叶凋情断，风云静流淌。

遗忘暖成灰，雪飘如幻想。

秋雨成霜

寒风细雨凉凉，有心难再情长。

雾忆冰成露水，百花零落残香。

青云梦里流泪，彩虹浮去留伤。

静寂黄昏色暖，冷清红叶涂霜。

日落有悔有怨，高峰直指上苍。

望月人思故里，感时羡慕枫杨。

褪去一身牵挂，走失不会迷茫。

梅舞黄昏

万里苍茫融忘却，梅花开满爱摇曳。

草木枯荣易死生，日月循环淌不灭。

舞如离散意中人，失落留恋飘渺谢。

雪汁凝冻暗香心，纯情了去清幽夜。

月明独赏

澄漪泛彩霞，水波红浪花。

黄昏去融解，满月照谁家。

失落养回忆，彩云度若纱。

遗忘红尘远，老树静出芽。

太行雪

青松立有劲，白雪净无心。
雕塑江山美，泯却旧风云。

烟雨槐林

思落槐花未起风，想进飘摇岁月中。

暮然秋子凌烟断，百世山河在不同。

醉与真

泪水赠无知，有心人莫痴。

凄凉熬过后，独酒醉真实。

雪融烟雾远，云消梦与诗。

晚晴如念旧，春华寥落时。

羡红叶

江河一路摆回头，雾雨随缘逝不留。
风云幻变阴晴远，漫长流水逆行愁。

梦故园

纱罩纤丝雨，飘然沉睡去。

梦乡游故里，落花人不识。

江南夜雨

云烟雾雨柔，飘渺漫崇楼。
雨中风浪远，江南一夜秋。

咏古松

雄关白雪落雄魂，古松青透万年身。
迎风矗立高山上，仰望苍茫一巨人。

春波荡漾

老树似红颜，梨花雪不寒。
心动如春水，容易起波澜。

雨后自消愁

烟漫雨蒙蒙，空谷露滴咚。

暖雾连成线，消融一阵风。

云动惊啼鸟，春水自然松。

旅雁群飞去，漂遥付此生。

絮

微风送柳棉，翩翩旋默然。
淡淡相思远，何处软成烟。

京春怀远

万古忆年流，风云逐戏楼。

雪化枯枝上，融汇几春秋。

桃红绽日暖，好似在扬州。

烟浪舞随意，水波涤荡愁。

日月奇峰

奇峰白雪化珍藏，水雾消融尘世伤。

长河一转冲天外，皓月轮辉踏海洋。

顿起翔风吞碧宇，游鸿飞入远故乡。

紫霞浸没关山浪，夕阳回首灭茫茫。

云水别

江河一脉起崇山，云舞游丝系变迁。

怡情遍地荒芜过，星空几十万年前。

也曾醉酒失心舞，也有繁华度幻缘。

美梦追成遗憾错，浮萍流在水天间。

观落梅花

榆叶梅花雪，随风展化蝶。
软系悠无力，于飞渺渺歇。

弃梦

萧瑟不觉浅，春色不觉暖。

青涩不觉远，心塞不觉晚。

云，不解那寒。

雪，逝去那年。

坝上冬

盯着粗旷的北风北上，

茫茫大地普照清寒的日光。

豪情弥散神圣的江山白雪，

封冻着流转万年的苍凉。

塞外的甘醇烈酒身心沐浴，

飞驰的骏马长嘶荡气回肠。

鲸吞宇宙空茫融入明纯的眼睛，

横行万里雄风兜攘着雪浪。

月光里清洗混沌的肝肠，

雪山上望断清晰的天堂。

我爱上了草原的夜空，

对着纯净的天河充满了神往。

我更爱草原的傍晚，

因为这里的空旷容得下夕阳。